푸른사상 시선 140

목포, 에말이요

푸른사상 시선 140

목포, 에말이요

인쇄 · 2020년 12월 27일 | 발행 · 2020년 12월 31일

지은이 · 최기종
펴낸이 · 한봉숙
펴낸곳 · 푸른사상사

주간 · 맹문재 | 편집 · 지순이, 김수란 | 마케팅 · 김두천
등록 · 1999년 7월 8일 제2-2876호
주소 · 경기도 파주시 회동길 337-16(서패동 470-6) 푸른사상사
대표전화 · 031) 955-9111(2) | 팩시밀리 · 031) 955-9114
이메일 · prun21c@hanmail.net /prunsasang@naver.com
홈페이지 · http://www.prun21c.com

ⓒ 최기종, 2020

ISBN 979-11-308-1755-2   03810
값 9,500원

전라
남도 **문화재단**

이 도서는 전라남도문화재단 지역문화예술육성 사업의 지원으로
발간되었습니다.

푸른사상
시선
140

목포, 에말이요

최기종 시집

푸른사상
PRUNSASANG

목포살이 몇 해당가?

손꼽아 시어봉게 삼십육 년이네그려.

그런디 아직도 목포는 생소하기만 허다.

이유는 딱 하나 목포에서 태어나서 자라지 않았기 때문이다. 학창 시절이 없었기 때문이다.

목포 벗들과 약주도 허면서 잘도 지내다가도 행여 용댕이바다를 건넜다느니, 동목포역에서 공짜 기차를 탔다느니, 동명동과 용당동이 순 뻘밭이었다느니, 수문포니 불종대니 멜라콩다리가 어쩠느니, 외팔이니 물장시니 쥐약장시가 어쩠느니, 이런 추억담으로 흐를 때는 머리가 하얘진다.

그런디 교직을 은퇴하고도 여길 떠나지 못하는 이유는 뭘까? 내 고향 당봉리가 그리운디도 여그 머무는 까닭은 목포에서 살아온 세월이 너무 크기 때문이다. 그동안 사귄 벗들이 수두룩 허고 거리거리 골목골목이 산도 바다도 섬들도 나를 붙들기 때문이다.

1980년대 중반 목포에 들어와서 6월 항쟁을 겪었고 전교조 문제로 해직이 되어 거리의 교사로 살아야 했다. 1990년대 교육운동, 시민운동을 계속허다가 복직이 되어 그리운 아이들과 해우도 허고 월드컵 때 아이들과 거리응원도 허고 압해도, 가거도를 거치면서 강산을 세 번이나 바꿨으니 목포는 나에게 체화된 그 무엇인 것이다.

그런디 나에게 목포를 소재로 하는 시가 별로 없다. 이제라도 목포에서 살아온 세월을 담금하고 간을 쳐서 짭짤한 밥상을 차린다. 에말이요~ 목포가 고맙다.

2020년 동지
남뫼시사에서

| 차례 |

■ 시인의 말

제1부

제2부

제3부

제4부

제1부

목화

네가 있어서

목원동 골목길이 환해지는구나

행복동 옛 노래도 다시 뜨는구나

목포 바다 거친 파도도 잔잔해지는구나

아리랑고개 고개 쉬엄쉬엄 잘도 넘어가는구나

유달산도 고하도도 목포대교도 손을 맞잡았구나

흰옷 입은 사람들 꼬투리 열고 무럭무럭 피어나는구나

온금동

유달산 언덕배기
하루해가 길게 놀다 가는 곳
센바람도 산을 넘다 보면 잔잔해지는 곳
낮이면 푸른 바다가 출렁거리고
밤이면 깜박깜박 등불이 켜지는 곳

거기 다순구미라고
아픔도 슬픔도 꼬들꼬들해지는 곳
집집이 조기 깡다리 널어 말리고
오나가나 눈이 가고 나며 들며 훈김이 돌고
할아범도 할멈도 해바라기하는 곳

그렇고 그런 집들이 정겹고
그렇고 그런 사람들이 보리밥 먹고
방귀 뿡뿡 뀌며 쉬이 친해지는 곳
골목골목 아이들의 웃음소리 묻어나고
그물 깁는 아재, 아짐들도 둥글어지는 곳

아리랑고개 고개 넘고 넘어

삐걱삐걱 물지게 소리

어기여차 노 젓는 소리

사람 냄새가 나는 사람들끼리

추위도 가난도 서러움도

볕이 들게 허는 곳

유달산

유달산은 나지막한 바위산이지만
백두대간 마지막 봉우리야
다도해 크고 작은 섬들을 호령하면서
비바람도 막아주고 왜구도 막아주면서
목포 사람들의 든든한 버팀목이었지

사시사철 꽃 피고 새 울고
즐비한 바위들이 볼 만허고
능선을 타고 정자들이 볼 만허고
둘레길 상록수림과 난대림이 볼 만허고
고하도도 삼학도도 영암벌도 볼 만허고
목포대교도 케이블카도 구시가지도 볼 만허고
낙조대에서 보는 저녁노을도 볼 만허지

그런디 유달산이 유달산인 것은
목포만의 짜디짠 눈물이 묻어나기 때문이야
삼학도의 못다 푼 사랑이 묻어나고
달동네 찢어지던 가난이 묻어나고

철거민 돌탑에서 마른버짐이 묻어나오지
항구의 뱃고동 소리가 묻어나오고
노적봉 둘레둘레 강강술래가 묻어나오고
아리랑 고개고개 넘는 한숨 소리가 묻어나오지

목포의 눈물이란 눈물이
유달산이었던 거야
그것들이 유달산의 바우도 되고
나무도 되고 꽃도 되고 새도 되고
달도 되고 별도 되고
그리운 사람도 되었던 거야

목포는

국도 1호선의 시발점이야
밤을 새워 달리는 호남선 종착역이기도 허지
고기들이 비늘을 번뜩이며
세상 곳곳으로 나가는 출구이기도 허고
떠나간 새들을 기다리는 둥지이기도 허지
어떻든 목포는 아무리 버려도 버려지지 않는 곳이고
세상살이 힘들어지면 문득 찾아가고 싶은 곳이야

정이 철철 넘쳐서 정내미라고 혀
오가는 사람들
눈물로 맞아주기도 허고
눈물로 보내기도 허는 곳이지
낙지발처럼 쩐득거리고
감성돔처럼 낭창낭창허고
꽃게 살처럼 감칠맛 나는 곳이야
홍탁에 볼이 붉어지고
갈치속젓에 혀가 웃고

생선 지리에 속이 확 풀려버리는 곳이지

옛 노래가 있는 항구야
고깃배에서 들려오는 뽕짝 소리에
유달산 동백이 붉게 피어나고
그물 깁는 아낙들의 노랫가락에
삼학도 선학이 높이 날아오르지
원래 목포 바람은 거칠고 드세지만
그 속살은 우렁쉥이처럼 진하고 향그롭지
그렇게 아롱 젖은 노래가 있어서
그렇게 구성지고 게미진 입들이 있어서
목포는 항구인 거야

고하도

목포시 대반동 갯바닥에 길게 누운 섬이 있어
유달산 아래 있다고 혀서 고하도라고 허는디
큰 나무가 많다고 혀서
큰목이라고도 허고 칼섬이라고도 허고
섬의 지형이 꾸부렁허니 용의 형상이라서
용머리라고도 허고
바위가 둘러쳐져 있어서 병풍도라고도 허지
그런 전차로 먼바다에서 오는
높은 파도나 풍우를 잘도 막아주는디
그렇게 목포가 천혜의 항구인 거여
글고 옛적에 수군들이 주둔헌 곳이기도 헌디
적들이 쳐들어와서
여그가 뚫리면 목포는 물론
저그 무안, 함평, 영암, 영산포까지 뚫려버린당게
이렇고롬 고하도는
목포를 지키는 수문장이었던 거야
목포 바다를 잔잔허게 다독거리는
목포 사람들의 자존심이었던 거야

갓바위

목포 성자동 바닷가에 가면 기묘한 모양의 바우가 있어. 그걸 갓바우라고 허는디 오랜 세월 바닷물에 깎이고 패어서 마치 갓을 쓰고 있는 사람의 형상이야.

옛날에 효성이 지극한 총각이 있었는디 병든 아비의 약값을 벌려고 머슴살이 나갔다가 아비가 죽어서 지 어리석음에 머리를 찍었지. 그려도 바닷가 양지바른 언덕에 안장허려고 관을 메고 가다가 그만 벼랑에 빠뜨리고 말았지. 아들은 내처 내려갔으나 관은 급류에 휩쓸려 떠내려가버렸어. 아들은 통곡허면서 불효자는 하늘을 볼 수 없다며 삿갓을 쓰고 곡기를 끊고 거그서 죽었어. 훗날 바우가 둘 솟아났어.

그 바우를 달리 중바우라고도 혀. 거기에는 또 다른 전설이 있어. 그런디 그게 스님상이라도 좋고 아비아들상이라도 좋고 응화암의 해식작용이라도 좋아. 다만 석양이 물들면 산과 바다가 어찌나 고운지 몰라. 예로부터 입암반조(笠岩返照)라고 혔지. 목포에는 갓바우가 있어서 사람들이 끈끈허게 살아가지. 끈끈허게 다가들 오지.

일등바위

유달산에 올라서
다도해 섬들을 보면
내가 하늘 아래 우뚝허네
속세에서 벗어나서 자유이고자 허네

흐린 날에는 숨어들고
맑은 날에는 제 빛깔을 드러내는
날씨에 민감한 섬들을 보면
내가 두렷한 위안이고자 허네

바닷속 깊이 뿌리를 내리고
우러러 환호하는 섬들을 보면
내가 오케스트라 지휘자이고자 허네
내가 천군을 이끌고 북방으로 나르샤 허네

오늘도 유달산에 올라서
크거나 작거나 높거나 낮거나
저마다 알맞은 섬들을 보면

내가 깃발이고자 허네

내가 외로움이고자 허네

가장 목포다운 곳

타지에서 작가들이 목포에 오면 즐겨 찾는 곳이 있지. 목포에서 가장 후진 곳이라고 항동시장 보리밥집 골목이야. 예전엔 구릿빛 팔뚝 굵은 아재들이 젓가락 장단 두드리던 곳, 꽃잎 같은 색시들이 술을 치고 노래 부르던 곳, 이제는 기울고 퇴색되어 집집이 똥파리 날리고 검은 머리 파뿌리 된 아줌니들이 지난 시절 되새김질 허는 곳, 그런디 타지에서 작가들이 오면 파뿌리 아줌니들이 새색시 되어서 감태 청태 내오고 갈치속젓 꽃게장 내오고 꼬막무침 내오고 조고구이 가오리찜도 내오고 목포 바다도 내오는디 거그서 물메기탕 시켜놓고 탁주잔 돌리면 저절로 노래가 나오는 거야. 목포는 항구라고 맴이 푸근해지고 거그가 가장 목포다운 곳이지.

에말이요~

　목포 사투리로 '에말이요~'란 말이 있지. 그 뜻이 뭔고
허니 내 말 좀 들어보라는 것이야. 처음에는 그 말뜻을 몰라
서 어리둥절혔어. 왜 말을 싸가지 없게 그따위로 허느냐고
시비 거는 줄 알았어.

　목포 말이 워낙 건조혀서 다짜고짜 얼굴을 들이밀고는
'에말이요~' 이러면 가슴이 철렁혔어. 혹여 내가 뭘 잘못헌
건 아닌지 머리를 핑핑 굴려야 혔어. 누군가 등 뒤에서 '에
말이요~' 이러면 흠칫 뒤가 시렸지.

　그런디 목포살이 오래 허다 봉게 이제는 '에말이요~'란
말이 얼매나 살가운지 몰라. 혹여 생판 모르는 사람이라도
'에말이요~' 이리 부르면 솔깃 여흥이 생기는 거야. 나도
이제 목포 사람 다 되어서 '에말이요~' 아무나 붙잡고 수작
을 부리기도 허는디

목포 여자

짭조롬헌 바다 내음이 난다네
먼바다 다랑어 정어리 냄새도 나고
뒷개 갯내도 나고 미역 해우 냄새도 난다네
남정네들 모 아니면 도라고
중선배를 타고 동지나해로 나가거나
샘다방이나 방석집 뻔질나게 드나들지만
목포 여자들 안팎살림 도맡아서
채워도 채워도 허기진 아픔을 살았다네
보리도 갈고 미영도 따고 리어카도 끌고 물지게도 지고
갯바닥 나가서 낙자도 캐고 조개도 줍고 감태 청태 뜯어
오고
부두에서 노무도 허고 조고도 따고 그물코도 기우면서
보릿고개도 가뭄도 시한도 이겨냈다네
갯바람에 깎이고 깎여서 다리 절고 허리 구부러지면서
그래도 몸뻬바지 그대로
서산동, 온금동 오르내리며 고물도 줍고
죽교동, 남교동 거리거리 노점도 허고
항동시장 하꼬방에서 생것 장시도 허면서

파도에 밀려 뒷걸음치면서도

꾸짖는 소리 욕설은 용댕이바다를 건너간다네

멍게처럼 붉어지고

갈치창젓처럼 불 댕기고

내내 얼굴만 봐도 죄스럽고 죄스러운 여자

문두에 홍등 걸어놓고는

조금 때를 기다리고 있다네

봉후샘

유달산 둘레길에
어민동산 지나서
코끼리바위를 끼고 돌면 거기
버려진 우물이 하나 있어

옛날에는
봉후 사람들 북적북적
물도 긷고 빨래도 허고 푸새도 씻었지
아짐들 모여서 얘기꽃도 피웠는디
지금은 마을이 없어지고
걷는 사람들 쉼터야

그 우물 속 들여다보면
구름이 비치고 별이 뜨고 새가 날고
거기 내 그림자도 어리는디
'야' 하고 소리치면 저도 따라서 허고
두레박 내려 물 퍼 올리면

봉후 사람들 찰방찰방 깨어나는디

낙조대 오르면서 생각혔어
우물이란 사라지는 것이 아니라
영원을 사는 거라고
아무리 퍼내도 솟아나는 징험이라고
봉후 사람들 예나 지금이나
목 축여주고 땀 씻어주고
오가는 사람들 발소리로 항상 하는 거였어

삼학도 전설

옛날에 유달산에 활을 잘 쏘는 젊은 장사가 살았대. 그 장사는 거기서 무예 수련을 혔는디 일등바위, 이등바위 단숨에 오르기도 허고 깎아지른 암벽을 타기도 허고 바우 사이를 건너뛰기도 허면서 날아가는 새를 떨어뜨렸고 맹호의 숨통을 끊어놓기도 혔지. 아랫마을에는 세 처녀가 살았어. 유달산 아래 용천수가 하나 있었는디 세 처녀는 아침마다 물을 길어 날랐어. 장사도 목을 축이러 자주 내려갔는디 세 처녀가 손수 물을 떠서 주기도 혔지. 그러다가 서로 맴이 맞아서 들벗처럼 지내게 됐어. 넷이서 유달산을 오르내리면서 꽃도 보고 열매도 따고 짐승도 쫓아다니면서 잘도 살았지. 그러다 봉게 무예 수련이 게을러지는 거야. 자꾸만 세 처녀가 눈에 씌어서 화살이 빗나가고 창검이 정수를 찌르지 못허는 거야. 장사가 보니께 이러다간 무예 수련이 허사가 될 것 같았지. 세 처녀가 무예 수련의 번뇌였던 거야. 장사는 고민에 빠졌어. 그러다가 마음을 다져 먹고 세 처녀를 불러 무예 수련을 마칠 때까지 멀리 떠나 있으라고 혔어. 세 처녀는 장사를 위해 먼 섬으로 떠나기로 혔어. 대학루에서 내려다 봉게 세 처녀가 돛단배를 타고 떠나는 게 보였어. 장사는

30

그 배를 노려보다가 문득 활시위를 당겼어. 아무래도 번뇌를 떨칠 수 없었던 거야. 배는 두 동강이 나고 세 처녀는 물에 빠져 죽었지. 그런디 거그서 세 마리 학이 솟아올랐어. 하늘을 향해 슬피 울다가 바다로 떨어졌어. 거그 세 개의 섬이 솟아났는디 그게 바로 삼학도야.

삼학도 물음

학이 떠난 지 반세기나 되네
떠나간 학은 다시 올까나
그 옛날처럼 노래가 될 수는 없을까?
후박나무 우거지고 흑비둘기 둥지를 틀고
새조개, 동죽이 피고 농어도 모치도 뛰던
그런 섬이 다시 올 수는 없을까?

아무래도 삼학도는
그리운 노래가 될 수 없나 봐
은모래도 말미잘도 산호초도 아니 오나 봐
기념관이니 과학관이니 요트장이니 랜드마크니
그런 콘크리트 구조물 말고
멍게, 해삼, 쏨뱅이 올라오고
수달이 살고 물수리 맴돌던
그런 삼학도는 없나 봐

아무래도 학이 올 수 없나 봐
사시사철 청파도가 넘실대던

그런 삼학도는 없나 봐

자동차니 발전기니 크레인이니

그런 기계들 말고

떠나간 학은 다시 올까나

고라니 뛰어놀고 왜가리 새끼 치던

그런 삼학도는 다시 올 수 없을까?

주룡포구에서

영산강 하구언
광주에서 영산포에서 영암, 함평, 무안에서
밀려온 쓰레기 더미
플라스틱, 스티로폼, 페트병, 캔류, 신발짝, 나무토막 같
은 것들
이제 더는 밀려날 디 없어서
거대한 체증이 되었나
부유 물질 덮이고 덮여
한풀이 시위라도 벌이고 있나
밀려날 대로 밀려나면
새 길이 보인다고 하던디
여그는 별 하나 뜨지 않는구나
있는 것 없는 것 다 버리면
새처럼 날아갈 수 있다던디
여그는 잡념만 떠돌고 있구나
갈등, 불안, 걱정, 혼란, 넋두리 같은 것들 쌓이고 쌓여
버려지는 체증에 걸렸나
아름다운 침몰에 들었나

안개 낀 주룡포구에서

폐선 하나 가물거리고 있구나

목포 옛길

개항기에 일제가 들어와서는
목포 바다를 이따만 하게 막아서는
요리조리 신작로를 내고 지들 거류지를 맹글었어

거그 항구도 앉히고 세관도 앉히고
유곽이며 동척, 은행, 백화점도 앉히고
핵교도 전보국도 무역상도 사교장도 앉히고
네모반듯한 지들 집들도 즐비허게 지어댔지
그러고 유달산 입구에 지들 영사관도 앉혔는디
목포항까지 뻔히 내다뵈는 명당자리였어
거그 거리를 혼마치라고 불렀는디
양품점, 양장점, 모자점 같은 상가들이 들어차
낮이고 밤이고 북적거렸지

조선인들은 밀려나
아리랑고개 넘어 온금동이고 서산동이고
유달산 등허리에다 초막을 짓고 춥고 배고프게 살았어
그렇고롬 옹색허고 헐벗어도 자존심 하나는 대단혔지

조선인 기업가들은 일제 자본에 대항하여 호남은행을 세웠고

　제유공장 조선 노동자들은 노조를 결성허고 70일간의 파업 투쟁에 나섰어

　소아마비 짐꾼인 멜라콩은 사재를 털어

　목포역 하천에다 다리를 놓아 조선인 왕래를 도왔고

　마인계터니 죽거리니 청년회관이니 쌍교는 항일의 중심지였어

　목포 옛길을 걸으면

　로데오거리 미네르바에서 목포 바다가 달달허고

　목원동 핏줄처럼 이어진 골목에서 옥단이가 튀어나오지

　밀려난 사람들이 새로이 돌아오고

　밀려난 거리들이 새로이 생겨나고

　밀려난 파도들이 새로이 밀려오고

　밀려난 역사들이 새로이 피어나고

　가난도 서러움도 그만큼 다져지는 아픔이었어

제2부

은수저

설날 아침에
메밥에 꽂힌
은수저가 따뜻했다

국물을 뜨다 보니
받아 안은 사랑이
손을 타고 올라온다
온몸 뎁히는 그리움이었다

어머니도
이런 福 자 은수저였을까
더운 국물이 시리다

홍시

여름날
마냥 부끄럽다고
이파리 뒤에 숨어만 지내던 것이

가을날
땡볕 아래 그 떫은맛 삭히며
공부가 부족하다고 몸을 낮추던 것이

동지섣달 지나도
만추에서 내려올 줄 모르고
못내 얼굴만 붉히던 것이

눈 오는 날에
홍등을 걸어놓고는
배곯은 텃새들 벌겋게 물들이는구나

재

짚가리 헐어 삼시를 때도
재소쿠리 하나 내지 못합니다

싸리나무 열 단 스무 단 이레를 때도
한 뙤기 채매밭을 덮지 못합니다

그렇게 무성하던 시절도 허무하기만 합니다
그렇게 열불 나던 성질머리도 사그라들었습니다

그런데 몰랐습니다
재라는 것이 끝내 타지 못한 뼈저림이란 것을
삼우제를 지내고
불당그래로 아궁이 긁어대면서 알았습니다

별 이야기

어릴 적
바람만 불어도
앙앙 울어대는 날 보고
할매는
아이쿠! 아까운 보석 다 쏟아진당게
펄써 한 됫박은 빠졌겄다
하늘의 별들 다 도망가니께
어서, 울음 뚝

큰집의 우물 속 들여다보면
하늘의 별들 많이도 떴다
할매는
종조부가 우물 팔 때
별들이 많이 내린 곳에
우물 자리 잡아서 그런다고 했다

엄니는 밤마다
두레박 길게 내려서

그 별들 찰방찰방 퍼 올려서
머리도 감고 밥도 짓고 소지도 했다
그때 엄니의 머릿결 고운 것이며
마루나 살강이며 솥단지가 번쩍거리고
고봉밥에서 별들이 튀는 게 모두
우물의 별들 때문이라고 생각했다

그런디 엄니는
우리 집 보석은 '나'라고 한다
내 눈 속에 별들이 산다고
눈만 껌벅거려도
봉선화 씨앗이 쏟아진다고
내가 어린 별들을 키우는
하늘의 은하수라고 했다

비즈놀이

네 살 난 손녀딸이 비즈놀이를 한다
예쁜 캐릭터 목걸이를 만든다고
그 조그마한 손으로 색색의 비즈를 하나씩 집어서는
검정으로 얼굴 테두리 짓더니
눈도 코도 입도 잘도 꾸며낸다
이제 여백만 채우면 된다
그런데 무엇 때문인지 손을 놓고 징징거린다
내가 볼 때
여백을 채우는 게 싫증 나는 모양이었다
어린 것이 그러기도 허겠지
나도 돕는다고
분홍색 비즈로 남은 여백을 채웠다
"아니, 그렇게 하면 어떡해!"
손녀딸이 버럭 화를 낸다
"이것, 얼굴색 맞잖아? 빨리 끝내고 가야지."
허니까 손녀딸 하는 말이
"할아버지는 상상력도 없어."
말문이 콱 막혔다

어린 게 어떻게 저런 말을

나, 상상력 하나도 없었다

내사 뒤라

바짓가랑이 흙 묻히고
모래를 뒤집어써도
내사 뒤라

물에 흠뻑 젖어도
구정물 들여 마셔도
내사 뒤라

불에 데이고 그을려도
생떼를 쓰고 오줌을 싸대도
내사 뒤라

눈길을 걸어도
얼음판 질끈 넘어져도
내사 뒤라

나무에 올라가도
가시에 찔리고 벌레 물려도

내사 뒤라

넘어져 봐야
넘어지지 않는 거라고
다치고 떨어져 봐야
이내 세상이라고

고향 집에서

한밤에
고향 집 부엌에서
희한한 것을 목격했다
소쿠리에서 무들이 춤을 추고 있었다
시렁에서 코다리들이 두런거리고 있었다

아침에 일어나서
엄니께 물었더니
그거 다 쓸쓸혀서 그런다고
혼자 사니까 헛것이 보인 거라고
예전에 또망에서 몽달귀신이 나오고
밤중에 도채비가 씨름허자고 허는디
그거 다 외로워서 그러는 거라고

그러면 엄니도 보았냐니까
가끔은 그랬다고
부지깽이가 춤추고
시앙쥐가 들락날락 콧노래 부르고

살강에서 그릇들이 덜거덩거리고
그러면서도 엄니, 귀엣말로
그것들 다 헛것이 아니라고 한다

살다 봉게 칭구헐 게 없어서
손때 묻은 것들이 살아나는 거라고
부엌이고 문지방이고 헛간이고 뒤란이고
그것들 무료혀서 그러는 거라고
그러니게 보고도 못 본 체허라고
사는 게 고요혀서 그러는 거라고

불침번

병실에서 아버지
이 아들 잘 자라고
이 한밤을 부채질이다
산소호흡기 귀에 걸고 곧추앉아서
잠든 아들을 들여다보면서
뜬눈으로 번을 서시는지

밤이 이슥하니까
이만 자자는 아들 보고는
아직은 아니라고 너나 잘 자라고
이 아들 곤히 눕히고는
그 얼굴 새기고 새기면서
이 한밤을 건너가시는지

이러면 기력이 쇠한다고
내일을 위하여 그만 자자는
잠꼬대처럼 칭얼대는 아들 보고는
아직은 아니라고 조금 있다 잔다고

다독거리면서 잠이 보약이라고
잔기침으로 한밤을 밝히시는지

이 병 깊어지면
눕지도 자지도 못한다던디
이 아들은 몰랐다
아직은 누울 때가 아니라고
손사래 치던 당신이 있어서
이 아들은 곤한 잠에 빠져들었으니

아버지 집

그날,
아버지 집에 갔을 때
눈이 내리고
새 한 마리
감 가지에서 울고 있었다

아버지 방은 온기 하나 없었다
지름 닳아진다고
전기장판으로 시한을 나시는
아버지, 구식 라디오 틀어놓고는
찬 눈을 펑펑 맞고 있었다
―고속도로가 막혔더라
―비닐하우스가 무너졌더라
아버지, 소릿기 하나 없이
눈 소식 전할 때
라디오도 따라서
긴급 뉴스 타전한다

그날,

아버지 집에는

하얀 눈이 내리고 있었고

라디오 한 대 침상 머리에서

아버지와 벗하고 있었다

새 한 마리

소릿기 하나 없이 울어서

감 가지만 아프게 했다

복옷

이제 어머니
걱정이란 걱정 버리고
이승의 끈 놓았는가?
허물이란 허물 벗으시고
곱디고운 복옷 입었을까?
칠성판에 누워
악수 끼고 버선 신고
속속곳 겹바지 너른바지 입고
속적삼 분홍 속저고리 입고
겉치마 입고 겹저고리 입고
습신 신고서

이제 어머니
기쁨이란 기쁨 지우더니
금(金)으로 고치 집 지었는가?
눈물이란 눈물 말라져서 푸른 하늘 올려보는가?

여기 세상

웃음이란 웃음 다 버리더니
소원이란 소원 다 물리더니
새봄이면 다시 온다고
팔랑나비처럼 날아가는가?

시래기

다발 무 다듬어서
누렇게 시든 진잎들
찜통에 넣고 데치니
주방이 온통 그 냄새다

예전에 어머니도
이런 진잎 데쳐서
응달에다 숭숭 널어서
아침 국거리 내었지

처음에는 이것들
정정한 무청이었을 것이다
어린 싹수들 살린다고
비루먹었을까?
그것들 좋이 밑들게 헌다고
그 몸 내어주고 시름시름 앓았을까?

이리도 군내 나고

누렇게 얼근 겉대도 추려서
잉걸불 댕기면
구수한 옛날이 되는 것일까?
죽어서도 주린 속 덥혀주는
어머니,

아버지 등

목욕탕에서
아버지 등 밀다가
이런 생각이 들었다
이렇게 등도
주름살 늘어나듯이
비바람 피하지 못하는지

어릴 때
아버지의 너른 등
따개비처럼 붙어서 한참을 밀어도
사래 긴 밭처럼 당당 멀었었다
이제는 손이 커져서
여름 소나기 지나가듯이 등 밀어대니
등도 낯가리면서 작아지는 것인지

아버지의 굽은 등
결기도 자존도 빠져나가고
등도 서리 맞으면 가벼워지는지

황사에 깎이고 패여서

종잘거리던 시내도 말라버렸으니

등도 망일이면 고독한 문양이 되는 것인지

연꽃잎처럼

병실에서 엄니 웃으신다
노인성 치매 증세로
먹은 나이 조금씩 까먹어서
이제는 갓 스물이 되어서
빨치산 노래 부르면서 복사꽃 피우신다

이것 오면 최근부터 파먹는다고
어제는 맵고 맵던 시집살이 살더니
오늘은 해방을 맞고 인공을 겪은 처녀 적이다
그 많은 세월의 강둑이 얼매나 터졌는지
아침에는 여울목에서 눈 흘기시더니
저녁에는 눈꼬리 내리고 웃음기 가득허다

주치의는 기억의 두께가 점점 내려간다고
마음의 폭이 점점 좁아진다고 했다
이렇게 쑥물이 빠지다 보면
속이 하얗게 바래지는 것일까?
이렇게 강물 밭아지다 보면

바닥이 드러나서 말라지는 것일까?

엄니 너무 많이 까먹어서

영산강 오니처럼 가라앉고 있는지

연꽃잎처럼 하얗게 떠내려가고 있는지

기역 자로 허리 구부러진 엄니

강둑에서 지팡이 짚고

어서 밥 먹자고 하신다

큰 바다거북이 은혜하다

그날, 그런 대물은 난생처음이었다. 그것도 백 살이 넘는다는 가마솥만 한 것이 용주네 큰 마당에 넙죽 엎드려 있었다. 전갱이, 조고 떼 쫓아왔을까. 파래, 김, 통통마디 찾아왔을까. 7월의 땡볕 더위가 내리쬐는 날이었다. 사나흘 방치되었는지 미동도 없다. 머리를 처박고 날개를 늘어뜨리고 등갑에 붙은 조개껍데기만 반짝거렸다.

용주 아비가 등껍질 가마니로 덮어주고 물을 부어 적셔주었다. 용주 어미가 함지에 막걸리 부어서는 치성으로 바친다. 그러니까 기력 하나 없던 것이 눈을 뜨고는 벌컥벌컥 들이켠다. 동리 사람들이 박수 치며 좋아한다. 한껏 숨이 차는지 푹푹 콧소리를 내면서 주위를 살핀다. 그러다가 갑자기 눈물이 그렁그렁해진다. 영물이다.

당골네가 방울 소리 요란허게 들어서며 '쉬이 물렀거라' 부정 탄다고 사람들을 뒤로 쫓는다. 당골네는 그것이 서해 용왕의 부인 용태 마마라고 했다. 파도를 다스리는 용신님이라고 했다. 서해바다 둥둥 큰 북이 되어서 나들이 나왔다가 길을 잃었다고 했다. 두렁허리 타는 오시(午時)에 용왕님

곁으로 돌려보내야 한다고 했다.

소달구지 들어오고 그것, 달구지에 실려 바닷길 나섰다. 동리 사람들도 뒤따라 배행의 길 나선다. 먼지 풀풀 날리는 신작로를 지나서 앞개에 닿았다. 돼지머리, 유과, 떡, 사과, 배 등 제물이 차려지고 당골네가 굿판을 벌인다. 용왕님께 비나이다 용태 부인 용신님께 비나이다. 동리 사람들도 허리 구부리고 비나이다 용신님께 비나이다.

정오 정시에 방류되었다. 삼촌들이 구루마를 뒤로 부려 갯물에 내렸다. 죽은 체하던 그게 물 만난 고기처럼 머리 들고 파도를 탄다. 고개를 길게 빼고는 날개를 퍼덕거리면서 짙푸른 바다로 돌아간다. 동리 사람들 어이 가라고 손짓한다. 그런데 그게 참말로 영물이었다. 저만큼 가다가 은혜한다고 뒤돌아보니

용주가 가만히 무언가 건넨다.
조개껍데기다. 그것의 등갑에서 따낸

풀밭에서

아이가 풀밭을 걸어간다. 푹신한 연두가 좋은지 시멘트길 마다하고 머리를 도리도리 흔들면서 풀밭으로 걸어간다.

아무도 가지 않은 길이다. 비틀비틀 넘어질까 봐 나야 종종걸음치지만 막아서는 바우도 있어서 두 손이 다급해지지만 풀밭이 먼저 안아주고 얼러주니 흰 구름도 내다보고 있으니

아이의 발길에 햇살이 통통 튀어나간다. 깔깔대는 웃음소리에 풀들이 수런수런 깨어난다. 예쁘다고 쪼그려 앉아 들여다보고 나비가 좋다고 내처 쫓아가기도 하면서 막대기로 금비를 뿌리신다.

아이가 풀밭을 걸어간다. 아왜나무 그늘 벗어나서 바우도 넘어서서 고랑을 가로질러 새로운 길을 내고 있다. 아직 누구도 가지 않은 길이다. 노루도 사슴도 튀어나오는 내 심연의 풀꽃 세상

제3부

사랑 하나

어디서
날아왔는지 모를
풀씨 하나
내 집에 자리 잡았다

움트는 것은
모두가 부끄럼이었다
그리움 하나
내 밭에 뿌리내렸다

어디서
날아왔는지 모를
노래 하나
감자야 싹이 나서 잎이 나서 감자야 감자야

피고 지는 것은
모두가 피멍이었다
사랑 하나
내 안에 시퍼렇게 물들었다

손님

가난한 옛날에는
눈도 많이도 내렸다
사흘 밤낮을 쏟아져서
길이 막히고 이웃이 끊어졌다

그려도
집집이 생활은 이어졌다
저녁연기 피어났고
외양간에서는 소죽이 끓었다

밤에는
멧돼지나 고라니가 다녀갔다
바람벽에 차려진
비상한 밥상에 경배하면서
먼 산골 이야기 전해주고 갔다

그런디 지금은
눈도 없는 여름에도

멧돼지나 고라니가 다녀간다

비상한 밥상을 뛰어넘어서

아픈 산골 이야기 전해주고 간다

이런 시

어젯밤, 아픈 사람한테서 전화가 왔다. 태풍으로 땅이 열려서 상사화가 죽순처럼 돋아났다고 고사리처럼 피어났다고 그런데 곧 진다고 내일 만나자고 했다. 아침에 일어나서 전화했더니 그걸 기억하지 못하고 딴소리다. 뜬금없이 시가 뭐냐고 물어온다. 나야, 말문이 막혀서 그게 뭐냐고 되물었더니 '인정머리'라고 했다. 그것 없으면 시도 뭣도 아니라고 했다. '아, 시가 사람을 감싸는 것이구나.' 이런 생각이 들면서 뒤가 켕겼다. 이제까지 그가 귀찮아서 거리만 두었다. 오늘은 시가 되어서 자리 깔아놓고 들어주기로 했다. 길게 들어주는 게 시였다.

개척자들

아파트 화장실에서
돼지벌레 한 마리 기어 다닌다
손가락으로 툭 건드렸더니
금방 죽은 척한다
이런 타일 바닥에서도 벌레가 사네
양변기 살폈더니 거기에도
작은 개미 몇 마리 놀고 있다
천장 모서리를 보았더니
거미줄에 하루살이 죽어 있다
여기서도 적자생존이구나
여기서도 자연을 일구고 있구나
어디선가 '비이비이'
방울벌레 한 마리
콘크리트 벽을 썰어내고 있었다

죄짐

집 한 채 짓는 것이
죄를 짓는 것이란 것을
그를 만나고 나서야 알았다

사실 그랬다 언덕바지 포클레인으로
매실나무 뽑아낼 제
불안에 떠는 그들 보지 못했다
트랙터로 온갖 잡풀들 밀어낼 제
그들이 지르는 고함소리 듣질 못했다
땅을 파고 콘크리트 붓고 소금 뿌릴 제도
땅속 비명 소릴 듣지 못했다

집에 대한 기대에 부풀어서
그들이 먼저라는 걸 몰랐다
그들이 대대로 살던 터전이란 걸
내가 무자비하게 탱크를 몰았던 것이다
입주하던 날 밤에 그가 와서
내 볼때기 벌겋게 해치고 갔다

아내는 지네나 전갈이 그랬다고 했다
시퍼렇게 문신처럼 지워지지 않았다

달포가 지나서 옷장을 열었더니
거기 그가 있었다
나도 모르게 뭉치를 들었으나
문득 스치는 게 있었다
내가 침입자라고
내가 탱크를 몰았다고

농자의 노래

액 맥이면서 살아가리라
소값, 쌀값 폭락하고
야금야금 농사 빚만 늘어나도
심고 기르는 것 한숨뿐이라고 혀도
나, 액 맥이면서 살아가리라

물구덩이 구르면서 살아가리라
무, 배추, 양파 갈아엎으고
소, 돼지, 오리 살처분당혀도
수렁배미 논 푹푹 빠져 들어가도
나, 물구덩이 구르면서 살아가리라

터진 물꼬 막으면서 살아가리라
농산물 제값 받게 혀달라고
FTA 수입 개방 중단혀달라고
목소리 높이며 횟술로 붉어지는 들녘
나, 터진 물꼬 막으면서 살아가리라

새봄에 독새기처럼 살아가리라

농사가 아무리 버림받아도
농자가 아무리 거리를 떠돌아댕겨도
돌아온 탕자처럼 굳은 땅에 두엄 내면서
나, 새봄에 독새기처럼 살아가리라

닭울음 소리

그대 멀리서
목울대 길게 빼고 홰를 치면서
세상의 곤한 잠 서둘러 깨우시는가
어서 일어나라고 새날 열어가라고
앞뒤 재지도 않고 연거푸 소리소리 하시는가

그대 멀리서
아득한 먼 옛날의 울음으로
하늘에 치밀어 광야를 역사하시는가
이 산 저 산 하얗게 피어나라고
잃었던 전설 불 댕겨 불끈거리게 하시는가

갑오년의 말목장터에서도
기미년의 아우내장터에서도
4 · 19도 5 · 18도 6월 항쟁도 붉은 울음이었지
동에서도 서에서도 강 건너에서도
고요가 터지고 하늘땅 새로 열리는 감격이었지

그대 멀리서

혼신의 힘으로 내 안의 태만 꾸짖는가

목에 칼이 들어와도 울음은 울음이라고

이쁜 고집으로 내 안의 감옥 무너뜨리는가

곡두여 깨어나라고 잎싹아 솟아나라고

기우제

봄 내내 가뭄이다
웃샘이 마르고 아랫샘도 밭았다
나뭇샘도 바닥져서 황토다

비는 오지 않는다
하늘에는 심술만 가득허다
보리밭 벌겋게 타들어 가고
논배미는 독새기만 벌벌 일어난다

농수로 물길도 바닥을 긴다
농조에서 시간제로 물을 주다가
그마저도 끊겼다
이거 환장할 일이다
이젠 물싸움도 아쉽게 되었다

손주는 학교에서 용을 그렸다
용을 그리면 비가 온다고
남정네들은 산정에서 화톳불을 놓았다

아줌니들은 당산나무 아래
손을 부비며 머리를 조아렸다

무당이 시퍼런 작두를 탄다
마을 사람들은 회관 마당에 모여
흙먼지 일으키며 빙글빙글 돌아간다
할 수 있는 건 다 해야 비가 온다고

하늘이여

곡비

조석전에 곡소리
무시곡이 슬프다고
상주가 동전 한 닢 던졌다
호곡하는 소리
고만하면 일품이라고
문상객이 동전 한 닢 던졌다

곡비는
내하강도 건너가고
유황불도 데이면서
떠도는 망자들 달래야 한다
애곡하는 소리
눈물 콧물 지으면서
진창길 진창으로 만들어야 한다

밤을 새워 비를 뿌리고
낮을 새워 혼백을 태우면서
상심한 소릿길 가야 한다

진정 심금이 되어서
소름이 돋고
끊어질 듯 찢어질 듯

머리 풀고
지팡이 짚고
굽은 등에도 울음이 산다
인제 가면 언제 오냐고
물이 깊어 못 가겠다고
가는 길 영거에서 막아섰더니
푸른 벌판이 굴절이 된다

불청객

아마 환절기였을 거다. 그가 내 집에 불쑥 들어왔다. 청하지 않았는 데도 흙발로 들어와서는 시비를 걸었다. 얼굴을 붉히며 나가라고 손사래를 쳐도 막무가내다. 부적을 붙이고 쥐약을 쳐도 소용이 없었다. 그가 먼저 눈을 부라리며 발정을 해대니 몰아낼 방법이 없다. 집에 들면 개도 쫓지 않는다고 했지. 안방 내어주고 자부동도 깔아주고 뜨끈한 국밥도 말아주었다. 한숨 주무시고 가라고 축음기도 틀어주었다. 그런데 이상한 일이었다. 그가 부스스 일어나더니 뒤도 돌아보지 않고 문지방 넘어간다.

닭은 죽어서 달을 남긴다

어릴 적 비 오는 날이었다.

아비는 씨암탉 잡아와서 그 모가지 콱 비틀었다. 그게 한참을 버둥거리다가 길게 뻬드러진다. 아비는 닭털 박박 뜯어내고 잔털도 꼬시른다고 군불까지 피웠다. 그런데 그 사이 그게 화다닥 도망치는 것이었다.

"아부지, 꼬꼬! 꼬꼬!"

"웅! 아니?"

아버지 황급히 쫓아나간다. 그게 되게 웃겼다. 털 하나 없는 그게 날갯죽지 퍼덕거리면서 필사적이다. 하지만 대밭 언덕 무렵에서 콱 잡혔다. 살려달라고 꽉꽉 울어댄다.

"아부지, 꼬꼬가 불쌍해에."

"이놈아! 이젠 살아도 못 살아."

결국 닭은 돌아가시고 잔털도 꼬실려졌다.

그것의 깊은 하늘에는 노란 알들이 줄줄이 슬어 있었다. 닭은 죽어서 달을 남기는 것인지.

바람과 나무

바람이
건듯 불어서
당단풍나무 흔들었다

나무는
고개도 끄덕이고
팔도 내밀면서 바쁘다

무르익은
고요가 터진다
붉은 이파리들이 수런거린다

만약에
바람이 없었더라면
나무는 돌이 되었을 것이다

만약에
나무가 없었더라면
바람은 끝도 없이 이 세상 떠돌았을 것이다

태풍을 기다리며

또다시 태풍이 온다고 했다
이번에는 센 놈이라고 했다
이거야 큰일 났다고
숲속의 나무들이 지레 겁에 질렸다

오래된 느티나무가 나섰다
이놈을 겪어봐야
나무가 나무다워진다고
이놈을 깊이 받아들여야
나이테가 하나씩 늘어난다고

행단의 은행나무도 한마디 했다
비록 가지가 꺾이고
몸뚱이 활처럼 휘어져봐야
천년을 내다볼 수 있다고

그래서 숲속의 나무들은
솟을대문 열어놓고는
까치노을 뜨는 저편을 바라보고 있었다

신불산 꽃사슴

신불산 사슴농장에 가면
떡갈나무 그늘 아래
꽃사슴들이 천천히
내게로 모여든다
안녕하냐고 반갑다고
우러러 눈쏠림한다

나야 우쭐해져서
뭐라고 저라고 말짓거리도 하고
흔드렁 건드렁 몸짓도 하는데
그것들 어떻게 아는지
스펀지처럼 잘도 받아들인다
귀 세우고 붉어져서
움직거림 하나 놓치지 않는다

나야 멋쩍어서
떡갈나무 이파리 하나둘 따서는
이리공 저리공 던져줄 뿐인 데도

키잡이 마술사가 다 되었다
두려운 이야기꾼이 되어서
'신불에 사나 신불에 사나'

돌아오는 길에
내 손에서는
문득
떡갈나무 냄새가 났다

가을에

깔 비러 묏가에 갔던
꼭두가 돌아와
웃으면서
꽃덤불 안겨주었다

더러는 쇠었고
더러는 시들었지만
그대로 물통에 꽂았더니
저마다 지 세상이다

쇠었어도 쇤 것이 아니다
시들어도 시든 것이 아니다
팔푼이도 칠푼이도 못난 것이 아니었다

살아온 시절이 있어서
걸어온 가락이 있어서
잘 살아도
못 살아도

그냥 가을이다

꼭두는
곤하게 잠이 들고
산도채비
문지방 넘어온다

제4부

명산역

영산강
느러지 지나서
기차가
강물을 닮았나
아이들 뜀박질보다 느리다
거룻배 타고 온
동강 사람들
보따리 올리느라 바쁘고
아배, 아짐들은
수인사하느라고 바쁘지만
기차는 느긋하게
시동만 걸어놓고 공회전이다
역무원이 수신호를 보내도
한참을 뜸 들이면서
더딘 발걸음질이다
그렇게 기차가 떠나면
철로 변 그 자리
산꽃이 피어난다

바닷가 아이들

바닷가 아이들이
모래로 집을 짓고
길을 낸다

웃으며 떠들며
짓고 부수고 다시 짓고
길을 내고 지우고 다시 내고
모래로 세상을 만든다

하늘은 파랗게
바다를 물들이고
수평선 너머 누군가
천군만마를 풀어놓았는지
아이들은 즐겁게 뛰어논다

바닷가 아이들이
파도로 성을 쌓고
도랑을 내고 있었다

봄 밥상

냉잇국 한술 뜨니
입안에서
새봄이 뛰어놀았다

감태무침 한입 드니
헛바닥에서
목포 바다가 출렁거렸다

도다리 한 점 무니
입천장에서
복사꽃 피어났다

어리굴젓 사알짝 터트리니
울안에서 홀연
울 엄니가 걸어 나온다

홍어 · 1

잔칫집에 야가 빠지면
볼멘소리 나온당게
진칫상 아무리 걸어도
야가 있어야만
자리가 차고 헐 말도 생긴당게

초년에는 비리고 지려서
손사래치던 기억도 밀침도
입에 넣고 견뎌야만
그게 화해가 되고 연애가 된당게

중년에는 팩 삭은 놈으로
입천장 데이고 눈물이 찔끔거려도
미뢰를 달래며 야금야금 씹어야만
오만 식감이 살아나고 거시기도 불끈거린당게

노년에는 입맛이 떨어져도
이가 부실허고 속이 거북혀도

기름장에 살콤히 찍어 잡숴야만

허기가 잽히고 신수도 훤해진당게

야가 있어야만

겨드랑이 날개 달고 말발이 먹힌당게

어떻든 야를 묵어야만

뭔가 묵었다고 헌당께

살어온 지층이 색동으로 화한당게

홍어 · 2

야를 묵어야만
비로소 어른이 된다는 말을 듣고
근접하기 어려운 경건함을 느꼈다

야를 묵어야만
비로소 연대가 된다는 말을 듣고
피할 수 없는 시험에 들어야 했다

야를 묵어야만
비로소 화해가 된다는 말을 듣고
막힌 코가 뻥 뚫리고 눈물이 핑 돌았다

야를 삼합으로 묵어야만
비로소 통일이 된다는 말을 듣고
혐오, 증오, 역겨움 같은 것 그냥 견디고 씹어야 했다

아욱국

비 온 뒤

텃밭에서 아욱 순 뜯어다가

그걸로 아침상 내자고 혔더니

아내는 건강검진 받으러 가야 헌다고

그래도 아욱국 훌훌 끓여놓고는

'혼자 자시시요' 허고 나간다

속설에 아욱국은 문 닫아걸고 먹는다던디

혼자서 건더기 떠서 호호 불어 입에 넣었더니

아, 미끄덩한 육즙이며 살갑게 씹히는 식감이며

내 무딘 육신을 깨운다

문득 고향의 옛집이 튀어나오고

그리운 어시, 아비, 동상들 밥그릇 긁어대고

지심 매던 들판이며 둘러앉아 고봉밥 먹던 논배미가 펼쳐

져서

내 썰렁한 가슴을 뎁힌다

이 가을에 이게 웬 떡이냐

아욱국 혼자서 후루룩 들다 보면

열없는 세상이 끈적끈적혀진다

밥상을 차리면서

간장 종지 하나 내는 데도
땀과 정성이 들어간다
생선 뼈 종종 발라내던 어머니도
무시밥 팍팍 비벼 먹던 사랑님도
입 삐척거리던 아들내미도
깨소금 내 풀풀 풍기던 딸내미도 어른거린다

삼색 나물 무쳐내는 데도
간기와 향이 스며든다
조물조물 움직이는 손놀림 따라
데쳐낸 음표들이 소리를 내고
금이 되고 은이 되는 색깔이며
그 향내가 봄 산을 이룬다

뒷모습 그대로 종종거리면서
손을 놀리고 도마를 치고 불을
댕기면서 아침을 열면
세상은 소찬만으로도 넉넉했고

때론 상다리 부러져도

초근목피처럼 가난했다

된장찌개 하나 끓이는 데도

행주치마 저고리 다 젖는다

세상에서 가장 다순 밥을 낸다고

세상에서 가장 귀한 상을 차린다고

손으로 발로 벌이는 밥상 위에

살구꽃 활짝 피어난다

목포 사람

목포에 가며는
홍탁에다 갈치속젓만으로도
맹헌 낮뿌닥 솔찬히 불콰혀지는디
쩐득쩐득헌 낙자발이며 멍게, 해삼, 개불꺼정 디려서는
씹을수록 개미지고 오돌토돌한 감흥이라니
오메! 얼척없당게
머시기도 거시기도 벌벌 살아나서는

거그 허름한 밥집에라도 반찬이 말이 아니당게
명란, 창란, 밴댕이, 곤쟁이, 어리굴젓에다
입천장 데이는 매생이며 매콤한 바지락이며 홍합탕이며
감태, 청태, 함초, 뽀시래기, 톳, 가사리꺼정 내놓고는
차린 것 없다고 싸게싸게 드시라고 허니
타지에서 오신 분들 눈이 화등잔만 혀지징

목포에 가며는
농어, 숭어, 광어, 우럭, 도다리가 뻐끔거리고
문저리도 놀래미도 모치도 오도리도 퍼덕거리는디

산낙자, 낙자탕탕이, 초무침, 호롱이, 연포탕이 구성지고
백성의 괴기인 민어회도 좋고 보양식인 민어백숙도 좋고
이따만 한 민어찜은 또 어떻고
꽃게무침이며 꽃게찜이며 꽃게탕이며 매콤헌 꽃게살비
빔밥이며
아, 입안이 얼얼한 아구찜이며 아구탕이며 황시리지짐이
며 우럭지리탕꺼정
아심찮다 아심찮다

에말이요 목포에 가서는
푹 삭힌 홍어회가 코를 팩 쏘징
얼큰한 홍어탕에다 동태, 조고탕에다
참복, 쫄복에다 오징어물회로 속풀이허고
갈치구이, 딱돔구이, 전어, 장대구이 잘도 발라 묵으면 목
포 사람 다 된 거지
감태 한 점 입에 넣으면 목포 바다가 시퍼렇게 펼쳐지징
병치 한 점 깻잎에다 밥 한술 떠서 마늘, 풋고추, 된장 찍
어 쌈 싸 묵으면

그미가 징허기도 그립더만

어떡거나 뿔소라껍질 귀에 대면

파도 소리 바람 소리 멀리서 그대 숨소리까정 들리는디

가거도 바다

가거도 옥색 바다
둥구 씨와 땜마를 타고
남문, 용머리, 고래 물 품는 디 지나서
장가살밑, 망향바위, 오리 똥 싼 디 지나서
하늘개, 빈주암, 앵화구곡, 큰덕, 작은덕 지나서
일번 검둥여, 이번 검둥여, 납덕여, 오동여 지나서
저그 거룻배 다가오니
둥구 씨, 치다보고는
"어이! 재미 좀 봤는감?"
"재미는 무슨, 일도 없네."
"엄살은 그만 떨고 넉 개 던져봐."
"그려 받아랑께."
허면서 팔뚝만 한 것들 던지는디
"하나이 둘이고 서이네 아 너이고."
그런디 받아내던 한 마리
뱃전에 닿지 못허고 바다에 풍덩
내가 아쉬워허니
둥구 씨 허는 말이
"아, 여그가 우리집 수족관이였부러."

섬

그 섬에 가고 싶다
거친 바다 넘고 넘어
불볼락, 깔데기 뛰어노는
그 섬에 가서
한 삼 년 푹 쉬고 싶다

먹빛 해무에 감싸인
그 섬에 가서
바닷속 깊이 뿌리내리고
하얗게 부서지면서
한 삼 년 푹 묵히고 싶다

해뜰목, 달뜬목, 동개, 빈주암, 오리똥싼데, 석순이빠진
여, 섬등반도, 국흘도
바람에 흔들리고 환호하면서
후박나무 되어서
몽돌이 되고 짝지 되어서

한 삼 년 벌겋게 익어가고 싶다

거친 바닥을 넘어서
눈물, 콧물, 똥물까지 토해내고
결국 빈속으로, 빈주먹으로
그 섬에 가서 반디처럼
작은 등불 하나 밝히고 싶다

화도(花島)

화도 가는 길을 물으니
앞서가는 벌 나비 따라가라고 했다
그게 가장 손쉬운 방법이라며
그렇게 훌훌 가다 보면 거기가 화도라고 했다
그런데 그렇게 꽃길을 가다가 길을 잃었다
꼬리에 꼬리를 물던 벌 나비는 보이지 않고
방축에 바닷물만 차오르고 있었다

화도 가는 길을 물으니
밀물이 나고 썰물이 들어야 한다고 했다
객선이나 어선은 번잡하다고
물때가 바뀔 때까지 느긋하게 기다리면
바다가 갈라지고 쭉 뻗은 노두가 나온다고 했다
그런데 꽃길에서 해찰하다가 물때를 놓쳤다
개미기 잔치에 떠들고 환호하다 보니
어느새 노두길 사라진 것이다

화도 가는 길을 물으니

여기가 거기라고 내 살던 곳이 화도라고 했다
물어물어 찾지도 말고 걷고 걸어 닫지도 말라고
꾸린 짐 훌훌 내려놓으면
신기루처럼 길이 열리고
꽃 피고 새 우는 화도에 닫는다고 했다

그에게 가는 길은 치열하지도 않았다
그에게 가는 길은 성급하지도 않았다
느리게 천천히 쉬엄쉬엄 걷다 보면
벌 나비 꼬리에 꼬리를 물고 따라오고
불모의 바위섬에도 해당화 피어난다고 했다

왕천축국

당신에게 가는 길이 멀었으면 좋겠네
돌담길 버렁길 구불구불 돌고 돌아
산을 넘고 강을 끼고 허위허위 갈 것이니
물이 막아서도 발 빠지는 뻘밭이라도 괜찮네
영산강 느러지 지나서 나풀나풀 갈 것이니

당신에게 가는 길이 깊었으면 좋겠네
산도 깊고 내도 깊고 눈도 귀도 깊어져서
머루랑 다래랑 따고 딱주도 캐면서 갈 것이니
드렁이도 물뱀이도 숨어드는 둑방길도 괜찮네
산 그림자 동무하고 자맥질하면서 갈 것이니

당신에게 가는 길에 달빛 내렸으면 좋겠네
풀잎에 이슬 맺히고 풀벌레 소리 은은한 길에
금실, 은실 풀어내어 베를 짜면서 갈 것이니
산수국, 산나리, 산딸꽃 피어나는 고개고개 넘어
먼 산 바라보고 해찰하면서 어름어름 갈 것이니

당신에게 가는 길이 세상 끝이라면 좋겠네

아무도 가지 않은 길을 따라 최초의 당신이 되어서

금불초 하나둘 뿌리면서 더딘 발자국 남기면서 갈 것이니

해거름이면 금빛 종자들 오종종 따라오겠거니

해란초 심으면서 띠풀 맺으면서 싸목싸목 갈 것이니

귀항

드디어 세월호가 돌아온다
붙잡는 손들 우글거리는
맹골수도 깊은 골짜기 벗어나서
화이트 마린호 바지선에 실려서
풍랑이 거세도
해무가 막아서도
물살을 거슬러서
꽁꽁 싸맨 세월호가 돌아온다

병풍도를 뒤로하고
동거차도, 서거차도 돌아서
눌옥도 지나서 내외병도 지나서
가사도와 장도 사이를 지나서
주지도, 저도, 쉬미항 지나서
평사도 지나서 장산도와 임하도를 끼고
화원면 시하 바다와 구등대를 지나서
외달도, 달리도 남쪽 해역을 돌아서

가물가물 목포 바다로 들어온다

이게 얼마 만이냐?
얼마 만의 되돌림이냐?
제주도 수학여행길이 이리 멀었더냐?
아이들은 어찌하고 마지못해
포획된 혹등고래처럼 들어온다
뱃고동 소리에 기막힌 울음이 터지는
금요일이었다 2017년 3월 31일,
노랗게 개나리 피어나는 날이었다

목포 4 · 8독립만세운동

목포에서도 만세운동이 벌어졌어
3 · 1만세운동 소식을 듣고 박상렬은
남궁혁, 오도근, 김영주, 박상술, 박상오 등과 함께
구인회를 조직하고 비밀리에 거사를 준비혔어
양동교회 서기현, 곽우영, 서화일, 박종인, 박복영 등도
비밀결사 일심회를 만들고 거사를 도모혔제
두 조직은 거사를 한날한시에 허기로 혔지만
탄로 날 것을 염두에 두고 따로 준비혔어
구인회는 태극기를 그리고 전단지를 밀어서
쌀가마 속에 감추었고
일심회는 정명여학교 학생들과 목판으로 태극기를 떠서
선교사 사택에 몰래 보관혔제
4월 8일 정오, 동시에 만세를 불렀어
서기현, 서화일, 박종인, 박복영은 영흥학교와 정명여학
교 학생들을 동원허고
오재복, 이금득, 박상오는 보통학교 학생들을 데리고
박상렬은 상업학교 학생들을 대동허고 시가지로 몰래 나
왔어

116

정오를 알리는 오포 소리를 신호로 동시에
만세를 부르고 태극기를 흔들면서
창평동, 죽동, 북교동, 수문통 거리로 쏟아져 나왔제

터졌구나 터졌구나 조선독립성
십 년을 참고 참아 이제 터졌네
삼천리 금수강산 이천만 민족
살았구나 살았구나 이 한소리에
만세 만세 독립 만만세

삽시간에 시가지는 흰옷 물결로 출렁거렸어
목이 터져라 만세를 부르면서 복사꽃 활짝 피워냈제
일경이 호각을 불면서 곤봉으로 막아섰고
기마헌병대가 칼을 빼어 들고 군중을 해산시켰어
서기현은 칼에 베여 체포되고 부상자가 늘어났어
일심회 회원들이 끝까지 저항했지만 총칼 앞에 어쩔 수
없었어
박상렬, 남궁혁, 권영례 등을 비롯하여 100여 명이 연행

되었제

9일에도 청년단이 선두가 되어 만세운동을 벌였어

곧바로 일경과 수비대가 출동하여 20여 명이 연행되었어

출판법 위반, 보안법 위반으로 징역을 살아야 혔어

만세운동은 여기서 끝나지 않았어

상해에 임시정부가 수립되면서 전국적으로

산발적인 만세운동이 이어졌어

정명여학교, 영흥학교 학생들이

거리로 뛰쳐나와 태극기를 흔들면서 조선의 독립을 외쳤어

유달산 꼭대기에다 태극기를 꽂으면서 만세운동을 이어

갔제

암태도 소작쟁의

일제는 동척을 세우고
토지조사사업을 허면서
국유지와 미신고 토지를 몰수허여
토지를 관리허면서 5할의 소작료를 받았어
친일 지주를 옹호하고 소작농을 억압하는 수작을 부렸제

암태도에는 세 지주가 있었어
문재철, 나카시마, 천후빈이었어
그들은 6~8할을 소작료로 요구혔제
이에 서태석, 서창석 등이 암태 소작인회를 만들어
소작료는 4할로, 운반비는 1리로 허기로
이것을 아니 받으면 소작료 불납 운동에 나서기로
허지만 지주들은 불응혔어
소작인회는 불납 운동에 돌입혔제
그러자 지주들은 건달들을 고용하여
집집이 댕기면서 소작료 납부를 강요혔어
소작인회는 면민대회를 열어 지주들을 규탄혔는디
문재철 부친 송덕비를 무너뜨리면서 건달들과 충돌혔제

그런디 일경은 소작인들만 잡아갔어
서태석을 비롯한 13명이 목포로 이송되었어
이에 분노하여 농민들이 들고일어났어
범선을 나누어 타고 째보선창에 내려서
목포법원으로 몰려가 드러누웠제

뭉치어라 작인들아 뭉치어라
우리들의 부르짖음 하늘이 안다
뭉치어라 작인들아 뭉치어라
마음껏 굳세게 뭉치어라

일경은 그들을 모두 연행혔어
이에 분개한 작인들은 다시 면민대회를 열었어
박복영을 대표로 선임하고 또다시
600여 명이 수십 척의 범선을 타고 몰려갔제
법원 마당에서 구속자를 석방하라고
집단으로 아사동맹에 들어갔어
죽어도 같이 죽고 살아도 같이 살자며

굶어죽겠나고 셜의한 거야

칠십 노인도 젖먹이 아낙네도 있었어

사흘째 되어서 몇몇이 혼절혔어도

아사동맹은 흔들리지 않았어

나흘째에 이르자

여러 신문사에서 이 쟁의를 보도혔제

서울, 평양 곳곳에서

동정금이 모금되고 지원 방문이 이어졌어

전국의 변호사들이 무료 변론을 자청혔고

조선노농총연맹에서는 쟁의를 지지하며

소작인들을 위한 동정 연설회를 열었어

이렇그롬 사건이 커지자 일경과 지주들이 당황혔제

결국 전남도경과 노조연맹이 중재에 나섰어

소작료는 4할로 허기로

소작인회에 2,000원 기부허기로

밀린 소작료는 3년간 분할 상환헌다

목포 민중들의 역사

맹문재

1.

최기종 시인이 목포를 제재로 삼은 작품들은 박화성의 「하수도 공사」에서 나타난 역사의식과 민중의식을 보여주고 있다. 「하수도 공사」는 1년 동안 일해온 300여 명의 노동자들이 청부업자 중정 대리(中井 代理)의 농락으로 넉 달 동안 삯을 받지 못하자 경찰서에 몰려가 항의하는 내용이다. 업자는 하수도 공사를 78,000원의 경비로 6개월 안에 준공시키기로 하고 목포부와 청부 계약을 했는데, 자신이 4할을 챙기고 나머지 47,800원으로 공사를 마칠 계획이었다. 그런데 그는 산본(山本)이라고 하는 자를 전주(錢主)로 하여 18,000원을 빌려 보증금으로 경비의 1/10인 7,800원을 목포 부청에 납입하고 일을 시작할 정도로 현금이 없었다. 따라서 자신이 챙기고 남은 돈 31,200원으로 공사를 끝낼 수 있는 방법은 노동자의 삶을 착취하는 수밖에 없었다. 더욱이 그는 보성과 벌교의 하수도 공사까지 맡아 그곳에 현금을 쓰느라고 목포 노동자들의 임금을 제대로 지급해오지 못한 것이다.

노동자들은 끈질긴 투쟁으로 마침내 밀린 임금을 받아내었지만, 외상을 갚고 나자 혹독한 추위와 폭염에 배를 주리며 뼈가 닳고 살이 깎이도록 일한 결과는 빈주먹밖에 없었다. 투쟁을 이끌었던 서동권이 고향을 떠나기로 마음먹고 마지막 밤에 자신이 공사한 하수도를 바라보면서 "이 굉장한 하수도를 보는 자, 돈과 문명의 힘을 탄복하는 외에 누가 삼백 명 노동자의 숨은 피땀의 값을 생각할 것이며 죽교의 높은 이 다리를 건너는 자 부청의 선정을 감사하는 외에 누구라 이면의 숨은 흑막의 내용을 짐작이나 하랴."고 안타까워하는데, 노동자들의 허탈한 심정을 여실히 대변해주고 있다. 이 소설에서는 노동자들의 저임금과 열악한 생활 환경뿐만 아니라 작업장을 지나가던 민간인들까지 다칠 정도로 작업장이 위험했음을 알려주고 있다. 또한 조선 노동자들이 감독과 십장에게 자주 폭행을 당하는 등 비인간적인 대우를 받았고, 목포의 격문 사건으로 조선인들이 체포되어 조사를 받고 구속되는 상황도 알려주고 있다.

일제에 의해 조선인들이 철저하게 탄압받는 상황을 그려낸 「하수도 공사」는 실제 목포에서 일어난 사건을 소설로 옮긴 것이다. 1931년 3월 29일 1시경 하수도 공사장에서 일하던 50여 명의 조선 노동자들이 부청과 경찰서로 몰려갔다. 청부업자 쓰보이 엔다이

---

1 서정자 편, 『박화성 전집』 16권, 푸른사상사, 2004, 88쪽.

(坪井鹽大)가 3개월이나 삯을 주지 않자 찾아달라고 요청한 것이다. 그는 유달산을 중심으로 공사비 30만 원에 3년간의 계획으로 하수도 공사를 맡아 270여 명의 노동자를 동원했다. 그렇지만 현금을 주지 않고 전표만 주어 하루 벌어 하루를 살아가야 하는 노동자들에게 큰 실망과 고통을 주었다. 그리하여 노동자들이 참다못해 투쟁했는데, 박화성은 이 사건을 1932년 『동광』에 소설로 발표한 것이다.[2]

최기종 시인이 목포를 제재로 삼은 작품들에서도 이와 같은 역사의식과 민중의식을 볼 수 있다. 상업적 자본주의가 점점 심해지는 우리 시대에 시문학의 필요성을 제시해 준 것이다. 에드워드 핼릿 카(E. H. Carr)는 『역사란 무엇인가』에서 "역사란 본질적으로 현재의 눈을 통하여 현재의 문제의 관점하에서 과거를 본다는 데에서 성립되는 것이며, 역사가의 주 임무는 기록에 있는 것이 아니라 가치의 재평가에 있다."라고 선언했다.[3] 역사가가 연구하는 역사는 죽은 과거가 아니라 살아 있는 역사라는 관점인데, 시인에게도 해당된다. 시인이 역사의식을 갖는다는 것은 과거의 역사에 함몰되는 것이 아니라 자신이 살아가고 있는 현재를 인식하는 것이다. 따라서 시문학이 아무리 소외되는 시대라고 할지라도 시인의 임무는 끝나지 않았는데, 최기종 시인의 목포 시편들이 그 모습을 보여주고 있다.

---

2 고석규, 『근대도시 목포의 역사 공간 문화』, 서울대학교출판부, 2005, 109~110쪽.

3 Edward Hallett Carr, 『역사란 무엇인가』, 길현모 역, 탐구당, 1966, 28쪽.

2.

일제는 1913년 현대적 개념의 도시에 해당하는 행정구역인 부제(府制)를 실시했다. 이때 목포는 경성[서울], 군산, 대구, 마산, 부산, 원산, 인천, 진남포, 청진, 평양과 함께 부로 지정되었다. 이들 12개의 도시 중 조선시대의 전통적인 도시는 서울, 대구, 평양 3곳뿐이었고, 나머지는 1876년에 개항된 항구나 어촌이었다. 개성, 전주, 진주, 해주, 함흥 등과 같은 전통적인 도시는 부에 포함되지 않았다. 결국 일제에 의해 추진된 도시의 형성은 우리의 전통적인 사회 기반에 토대를 둔 것이 아니라 오히려 무력화시키려는 의도에서 이루어졌다. 다시 말해 일제는 경제 침탈을 우선적인 목적으로 하고 통상의 통로인 개항장을 중심으로 도시를 편제한 것이다. 일제는 도시 간의 이중성뿐만 아니라 도시 내에서도 계급적 차별과 민족적 차별로 이중성의 구조를 만들었다. 목포 역시 '각국 공동거류지' 구역과 '목포부 부내면' 구역으로 구분했다. 전자는 일본인 마을로 계획된 시가지였고, 후자는 조선인 마을로 무계획의 시가지였다. '각국 공동거류'는 일제의 강점으로 말미암아 일본인의 거류지가 된 것으로 그들은 생활하는 데 편리하도록 도시를 만들었다. 그에 비해 조선인들은 쌍교리 근처의 무덤을 이장하고 그 자리에 삶의 터전을 마련했다.[4]

조선인 마을은 기본적인 시설조차 갖추지 못해 박화성이 「추석 전야」에서 유달산 아래를 바라보며 "집은 돌 틈에 구멍만 빤히 뚫

---

4 고석규, 앞의 책, 3~31쪽.

어진 돼지막 같은 초막들이 산을 덮어 완전한 빈민굴이다."[5]라고
묘사한 것과 같았다. 이와 같은 목포의 역사를 시인은 현재화시키
고 있다.

> 개항기에 일제가 들어와서
> 목포 바다를 이다만 하게 막아서는
> 요리조리 신직로를 내고 지들 서류지를 맹글었어
>
> 거그 항구도 앉히고 세관도 앉히고
> 유곽이며 동척, 은행, 백화점도 앉히고
> 핵교도 전보국도 무역상도 사교장도 앉히고
> 네모반듯한 지들 집들도 즐비허게 지어댔지
> 그리고 유달산 입구에 지들 영사관도 앉혔는디
> 목포항까지 뻔히 내다뵈는 명당자리였어
> 거그 거리를 혼마치라고 불렀는디
> 양품점, 양장점, 모자점 같은 상가들이 들어차
> 낮이고 밤이고 북적거렸지
>
> 조선인들은 밀려나
> 아리랑고개 넘어 온금동이고 서산동이고
> 유달산 등허리에다 초막을 짓고 춥고 배고프게 살았어
> 그렇고롬 옹색허고 헐벗어도 자존심 하나는 대단혔지
> 조선인 기업가들은 일제 자본에 대항하여 호남은행을 세웠고
> 제유공장 조선 노동자들은 노조를 결성허고 70일간의 파업
> 투쟁에 나섰어

---

5 서정자 편, 앞의 책, 32쪽.

소아마비 짐꾼인 멜라콩은 사재를 털어
목포역 하천에다 다리를 놓아 조선인 왕래를 도왔고
마인계터니 죽거리니 청년회관이니 쌍교는 항일의 중심지
였어

목포 옛길을 걸으면
로데오거리 미네르바에서 목포 바다가 달달허고
목원동 핏줄처럼 이어진 골목에서 옥단이가 튀어나오지
밀려난 사람들이 새로이 돌아오고
밀려난 거리들이 새로이 생겨나고
밀려난 파도들이 새로이 밀려오고
밀려난 역사들이 새로이 피어나고
가난도 서러움도 그만큼 다져지는 아픔이었어

　　　　　　　　　　　　　　　　　　　　—「목포 옛길」 전문

　1876년 운요호사건을 빌미로 일제의 강요에 의해 불평등하
게 체결된 강화도조약에 따라 부산, 원산, 인천이 개항한 데 이어
1897년 목포가 증남포와 함께 개항했다. 급변하는 세계정세에 더
이상 쇄국할 수 없다고 판단한 조선 정부는 개항을 통해 국익을
도모하려는 것이었다. 목포는 개항한 뒤 인구가 늘고 땅값도 오를
만큼 활기를 띠었지만, 러일전쟁에서 승리한 일본이 1905년 조선
의 외교권을 박탈한 을사늑약을 체결한 뒤부터 상황이 달라졌다.
일제는 자국의 부족한 식량 문제를 조선에서 해결하기 위해 1906
년 토지가옥증명규칙을 발표했다. 외국인의 토지 소유를 금지하
고 있던 조선의 법을 폐지하고 자신들이 토지 소유, 매매, 교환, 증
여를 합법적으로 보장받을 수 있도록 한 것이다. 그 결과 일제는

주도권을 장악하고 목포를 장악해 나갔다. "개항기에 일제가 들어와서/목포 바다를 이따만 하게 막아서는/요리조리 신작로를 내고 지들 거류지를 맹글었"던 것이다. 아울러 "거그 항구도 앉히고 세관도 앉히고/유곽이며 동척, 은행, 백화점도 앉히고/핵교도 전보국도 무역상도 사교장도 앉히고/네모반듯한 지들 집들도 즐비허게 지"었다. 그리고 "유달산 입구에 지들 영사관도 앉혔는디/목포항까지 뻔히 내다뵈는 명당자리였"다.

일제가 도로를 넓히고 직선으로 "신작로"를 만든 것은 "목포"를 보다 손쉽게 통제하기 위한 것이었다. 도로가 좁고 꼬불꼬불하면 긴급 상황에서 경찰이나 군대를 제대로 이동시킬 수 없었기 때문이다. 일제는 조선인들이 시위를 일으켰을 때 즉각적으로 제압하기 위해 "신작로"를 만들고 집들을 "네모반듯"하게 지었다. 일본 "영사관"도 개항장을 한눈에 내려다볼 수 있는 곳에 세웠다. 식민지 수탈의 상징적인 "동척"(동양척식주식회사) 건물과 함께 일제 권력의 위압을 보여주었던 것이다.

"거그 거리를 혼마치라고 불렀는디/양품점, 양장점, 모자점 같은 상가들이 들어차/낮이고 밤이고 북적거렸"다. '혼마치(本町)'는 일본인들이 생활하던 밀집 지역으로 상권 중심지의 거리였다. '본정통(通)'으로도 불렸는데, '본정'이라는 말은 본래 마을, 중심가 등을 뜻한다. 일제는 조선의 땅을 마치 자신들이 원래부터 소유했던 것처럼 왜곡시켜 서울 충무로 등 여러 곳을 혼마치로 불렀던 것이다.

그런데 목포에는 일본인들의 도시와는 차별되는 조선인들의 마을도 있었다. "조선인들은 밀려나/아리랑고개 넘어 온금동이고 서산동이고/유달산 등허리에다 초막을 짓고 춥고 배고프게 살았"던 것이다. 1913년 일제는 도로를 기준으로 일본인들이 거주하는 거류지와 목포역 앞 신개발지에 정(町)의 명칭을 부여했고, 조선인들이 살고 있는 거주지에는 동(洞)을 붙였다. 남교동, 대성동, 북교동, 양동, 온금동, 죽동 등이 그러했다. 마을의 명칭을 통해 조선인들을 차별한 것이다.

그렇지만 조선인들은 "그렇고롬 옹색허고 헐벗어도 자존심 하나는 대단혔"다. "조선인 기업가들은 일제 자본에 대항하여 호남은행을 세웠고/제유공장 조선 노동자들은 노조를 결성허고 70일간의 파업투쟁에 나섰"다. 광주와 목포의 지주 자본과 상업 자본들이 민족 자본을 지키기 위해 "호남은행"을 세웠고, 1926년 목포 "제유공장"에 다니는 120여 명의 노동자들이 임금 인상, 노동시간 단축, 인권 개선 등을 요구하며 70여 일간 파업투쟁을 한 것이다.

이외에도 "소아마비 짐꾼인 멜라콩은 사재를 털어/목포역 하천에다 다리를 놓아 조선인 왕래를 도왔고/마인계터니 죽거리니 청년회관이니 쌍교는 항일의 중심지였"다. 소아마비 짐꾼인 "멜라콩"은 불편한 몸으로 목포역 수하물 취급소에서 일했던 박길수의 별명이었다. 멜라콩은 당시 인기가 많았던 중국 영화에 나오는 인물이었는데, 박길수의 왜소하고 허약한 체격이 그와 비슷하다고 해서 사람들이 그렇게 부른 것이다. 그는 어려운 몸으로 힘든 노동을 해서 모은 돈으로 목포항과 목포역 사이의 하천에 다리를 놓아 조선인들이 편하게 다닐 수 있도록 했다. "마인계"는 '만인계(萬人契)'라는 일종의 복권계(福券契)에서 유래했는데, 그 터가 조선인들의 마을이었다. "죽거리"(죽동)는 목포 축항으로 부두에 하역하는 인부들이 모여들자 그들에게 죽을 끓여 파는 가게들이 생겨 불리었다고 전해진다. "청년회관"은 목포 청년들의 항일운동 근거지로 『조선청년』이라는 잡지를 발행했다. "쌍교"라는 조선인들이 마땅히 살 곳이 없어 무덤을 옮기고 삶의 터전을 마련한 곳이다.

작품의 화자는 그 "목포 옛길을 걸"어가는 동안 "로데오거리 미네르바에서 목포 바다가 달달"한 것을 느낀다. 또한 "목원동 핏줄처럼 이어진 골목에서 옥단이가 튀어나오"는 것도 본다. "옥단이"는 유달산에서 항아리에 물을 길어 머리에 이고 달동네 비탈진 집까지 갖다 주고, 누군가 부르면 달려가 허드렛일로 인정을 베풀고, 춤추고 노래하며 흥을 돋아주었던 실존 인물이다. 그리하여 목포 사람들은 "옥단이"를 목포의 명물로 꼽는다. 결국 화자는 오늘날의 목포가 "밀려난 사람들이 새로이 돌아오고/밀려난 거리들이 새로이 생겨나고/밀려난 파도들이 새로이 밀려오고/밀려난 역사들이 새로이 피어나"는 것으로 인식하고 있다. "가난도 서러움도 그만큼 다져지는 아픔이었"다고, 일세강점기에 당했던 가난과 서러움을 극복하고 새로운 역사가 전개되기를 희망하는 것이다.

이와 같은 시 세계는 임진왜란 때 이순신 장군이 군량미를 저장하였던 곳으로 알려진 "고하도"를 "목포를 지키는 수문장"이자 "목포 사람들의 자존심"(「고하도」)으로, "유달산"을 "삼학도의 못다 푼 사랑이 묻어나고/달동네 찢어지던 가난이 묻어나고/철거민 돌탑에서 마른버짐이 묻어나오"듯 "목포만의 짜디짠 눈물이 묻어나"(「유달산」)는 것으로 그린 데서도 볼 수 있다. 갓바위 전설, 삼학도 전설, 온금동, 일등바위, 항동시장 보리밥, 봉후샘, 목포 4·8독립만세운동 등에 대한 노래에서도 마찬가지이다.

3.

목포에서도 만세운동이 벌어졌어
3·1만세운동 소식을 듣고 박상렬은
남궁혁, 오도근, 김영주, 박상술, 박상오 등과 함께
구인회를 조직하고 비밀리에 거사를 준비혔어
양동교회 서기현, 곽우영, 서화일, 박종인, 박복영 등도
비밀결사 일심회를 만들고 거사를 도모혔제
두 조직은 거사를 한날한시에 허기로 혔지만
탄로 날 것을 염두에 두고 따로 준비혔어
구인회는 태극기를 그리고 전단지를 밀어서
쌀가마 속에 감추었고
일심회는 정명여학교 학생들과 목판으로 태극기를 떠서
선교사 사택에 몰래 보관혔제
4월 8일 정오, 동시에 만세를 불렀어
서기현, 서화일, 박종인, 박복영은 영흥학교와 정명여학교
학생들을 동원허고
오재복, 이금득, 박상오는 보통학교 학생들을 데리고
박상렬은 상업학교 학생들을 대동허고 시가지로 몰래 나
왔어
정오를 알리는 오포 소리를 신호로 동시에
만세를 부르고 태극기를 흔들면서
창평동, 죽동, 북교동, 수문통 거리로 쏟아져 나왔제

터졌구나 터졌구나 조선독립성
십 년을 참고 참아 이제 터졌네

삼천리 금수강산 이천만 민족
살았구나 살았구나 이 한소리에
만세 만세 독립 만만세

삽시간에 시가지는 흰옷 물결로 출렁거렸어
목이 터져라 만세를 부르면서 복사꽃 활짝 피워냈제
일경이 호각을 불면서 곤봉으로 막아섰고
기마헌병대가 칼을 빼어 들고 군중을 해산시켰어
서기현은 칼에 베여 체포되고 부상자가 늘어났어
일심회 회원들이 끝까지 저항했지만 총칼 앞에 어쩔 수 없
었어
박상렬, 남궁혁, 권영례 등을 비롯하여 100여 명이 연행되
었제
9일에도 청년단이 선두가 되어 만세운동을 벌였어
곧바로 일경과 수비대가 출동하여 20여 명이 연행되었어
출판법 위반, 보안법 위반으로 징역을 살아야 했어
만세운동은 여기서 끝나지 않았어
상해에 임시정부가 수립되면서 전국적으로
산발적인 만세운동이 이어졌어
정명여학교, 영흥학교 학생들이
거리로 뛰쳐나와 태극기를 흔들면서 조선의 독립을 외쳤어
유달산 꼭대기에다 태극기를 꽂으면서 만세운동을 이어
갔제

———「목포 4 · 8독립만세운동」 전문

　　1919년 "3 · 1만세운동 소식을 듣고" "박상렬"은 "남궁혁, 오도
근, 김영주, 박상술, 박상오 등과 함께/구인회를 조직하고 비밀리

에 거사를 준비"했다. "양동교회 서기현, 곽우영, 서화일, 박종인, 박복영 등도/비밀결사 일심회를 만들고 거사를 도모"했다. 만세운동에 가장 필요한 것은 태극기였기 때문에 "구인회는 태극기를 그리고 전단지를 밀어서/쌀가마 속에 감추었고/일심회는 정명여학교 학생들과 목판으로 태극기를 떠서/선교사 사택에 몰래 보관"했다. 그리고 "4월 8일 정오, 동시에 만세를 불렀"다. "영흥학교와 정명여학교 학생들"을 비롯해 "보통학교 학생들"과 "상업학교 학생들"이 함께했다. "정오를 알리는 오포 소리를 신호로 동시에/만세를 부르고 태극기를 흔들면서/창평동, 죽동, 북교동, 수문통 거리로 쏟아져 나"온 것이다.

"목포 4·8독립만세운동"에서 특히 주목되는 점은 학생들이, 특히 여학생들이 적극적으로 주도했다는 점이다. 그와 같은 면은 "일심회" 소속 "정명여학교 학생들"이 교내 기숙사며 지하실에서 "목판으로 태극기를 떠서" 일제 경찰의 감시를 피해 "선교사 사택에 몰래 보관"한 사실에서 여실히 볼 수 있다. 사회적으로 소수에 불과한 여학생들이 태극기를 만들고 대한독립 만세를 부르며 당당하게 시가행진에 나선 것은 실로 놀라운 일이다. 이와 같은 학생들의 거사에 목포 시민들도 기꺼이 합세한 것이다.

3·1운동은 물론 4·8운동이 비폭력 만세운동으로 진행되었기 때문에 일제가 평화적으로 대응했을 것이라고 생각해서는 안 된다. 조선총독부가 밝힌 것만 보더라도 3·1운동에 참가한 조선인들 중 7,509명이 사망했을 정도로 일제는 만세운동을 잔인하게 진압했다. "일경이 호각을 불면서 곤봉으로 막아섰고/기마헌병대가 칼을 빼어 들고 군중을 해산시"킨 것이 그 모습이다. "서기현은 칼

에 베여 체포되고 부상자가 늘어"난 것도, "박상렬, 남궁혁, 권영례 등을 비롯하여 100여 명이 연행"된 것도 그러하다. 결국 "목포 4·8 독립만세운동"에 참여했던 조선인들이 "출판법 위반, 보안법 위반으로 징역을 살아야" 했던 것이다.

그렇지만 1919년 4월 8일 목포에서 일어난 "만세운동은 여기서 끝나지 않"았고 "상해에 임시정부가 수립되면서 전국적으로" 이어졌다. 결국 "정명여학교, 영흥학교 학생들이/거리로 뛰쳐나와 태극기를 흔들면서 조선의 독립을 외"친 것이 "유달산 꼭대기에다 태극기를 꽂으면서 만세운동"으로 이어졌으며, 조선의 독립운동에 힘을 보탠 것이다. 이와 같은 민족의식은 다음의 작품에서도 볼 수 있다.

네가 있어서

목원동 골목길이 환해지는구나

행복동 옛 노래도 다시 뜨는구나

목포 바다 거친 파도도 잔잔해지는구나

아리랑고개 고개 쉬엄쉬엄 잘도 넘어가는구나

유달산도 고하도도 목포대교도 손을 맞잡았구나

흰옷 입은 사람들 꼬투리 열고 무럭무럭 피어나는구나
―「목화」 전문

일제강점기의 목포항은 삼백(三白)의 집산지, 즉 면화, 쌀, 소금의 집산지로 알려져 있다. 특히 군산항을 통해 많은 쌀이 일본으로 실려 나갔다면, 목포항을 통해서는 많은 면화가 실려 나갔다. 1914년 호남선 철도가 개통되면서 호남에서 생산되는 목화가 목포에 집산되어 일본 고베(神戸)항으로 실려 갔는데, 1930년대 초에 목포에 목면공장이 20여 곳이나 있었다는 사실이 그 규모를 잘 보여준다. 목화는 재래면과 육지면(陸地綿)이 있는데, 미국이 원산지인 육지면은 섬유가 길고 가늘어서 솜이나 옷감을 만드는 데 쓰였다. 그 육지면을 일본인이 목포의 고하도에서 재배에 성공함으로써 수확기에는 재래면과 함께 목포항을 뒤덮었다.

위의 작품의 화자는 그 "목화"를 의인화하여 "네가 있어" "목원동 골목길이 환해지는구나//행복동 옛 노래도 다시 뜨는구나"라고 나타내고 있다. 목원동은 목포 서남권 금융의 거점지역이고 주변에는 목포역이 위치하고 있다. "행복동"은 목포항 부근의 개펄을 간척해 조성된 지역으로 일제강점기에는 일본인 거류지였다.

또한 화자는 "목화"가 있어 "목포 바다 거친 파도도 잔잔해지는구나//아리랑고개 고개 쉬엄쉬엄 잘도 넘어가는구나//유달산도 고하도도 목포대교도 손을 맞잡았구나"라고 노래하고 있다. 결국 "흰옷 입은 사람들 꼬투리 열고 무럭무럭 피어나는" 모습을 품는 것이다. "목화"는 일제의 목포 수탈을 상징하는 것이지만, 화자는 그것을 이겨낸 목포 사람들로 상징하는 것이다.

4.

유달산 언덕배기
하루해가 길게 놀다 가는 곳
센바람도 산을 넘다 보면 잔잔해지는 곳
낮이면 푸른 바다가 출렁거리고
밤이면 깜박깜박 등불이 켜지는 곳

거기 다순구미라고
아픔도 슬픔도 꼬들꼬들해지는 곳
집집이 조기 깡다리 널어 말리고
오나가나 눈이 가고 나며 들며 훈김이 돌고
할아범도 할멈도 해바라기하는 곳

그렇고 그런 집들이 정겹고
그렇고 그런 사람들이 보리밥 먹고
방귀 뽕뽕 뀌며 쉬이 친해지는 곳
골목골목 아이들의 웃음소리 묻어나고
그물 깁는 아재, 아짐들도 둥글어지는 곳

아리랑고개 고개 넘고 넘어
삐걱삐걱 물지게 소리
어기여차 노 젓는 소리
사람 냄새가 나는 사람들끼리
추위도 가난도 서러움도
볕이 들게 허는 곳

—「온금동」전문

"온금동"(溫錦洞)은 일제강점기 조선인들이 살아가던 마을 중 한 곳으로 일본인들의 훼방을 이겨내고 동민들이 조력해서 여울을 매립해 만들었다. 일본인들이 거주하던 정(町)의 명칭을 가진 마을에 비해 가난하고 불편했지만, 화자는 "온금동"은 "유달산 언덕배기/하루해가 길게 놀다 가는 곳"이고, "센바람도 산을 넘다 보면 잔잔해지는 곳"이고, 그리고 "낮이면 푸른 바다가 출렁거리고/밤이면 깜박깜박 등불이 켜지는 곳"으로 인식하고 있다. 해방되기 전까지 "다순구미"로 불린 지명의 뜻을, 다시 말해 '다순(따뜻하고) 구미(후미진)'의 의미를 적극적으로 부여하고 있는 것이다. 그리하여 "아픔도 슬픔도 꼬들꼬들해지는 곳"이고, "집집이 조기 깡다리 널어 말리고/오나가나 눈이 가고 나며 들며 훈김이 돌고/할아범도 할멈도 해바라기하는 곳"으로 노래한다.

화자가 "온금동"을 "다순구미"라고 부르는 것은 지명의 의미에 더해 가난과 고난을 이겨낸 사람들의 인정을 민족의식으로 내세우는 것이다. "그렇고 그런 집들이 정겹고/그렇고 그런 사람들이 보리밥 먹고/방귀 뿡뿡 꿔며 쉬이 친해지는 곳"이고, "골목골목 아이들의 웃음소리 묻어나고/그물 깁는 아재, 아짐들도 둥글어지는 곳"이라고 한 것도 그러하다. "아리랑고개 고개 넘고 넘어/삐걱삐걱 물지게 소리/어기여차 노 젓는 소리"를 내는 사람들을 품는 것이다.

"아리랑고개"는 "다순구미"에 있는 지명이면서 우리나라의 곳곳에 있는 지명이기도 하다. 구불구불한 구비를 돌아 넘어야 했던 고갯길을 부르는 것으로 목포의 특성을 나타내면서 동시에 보편성을 띠는 것이다. 그러므로 "아리랑고개"를 넘는다는 것은 "온금동"에서 살아가는 목포 사람들이 힘든 삶을 시대인들과 함께 극복한다는 의미를 갖는다.

목포 사투리로 '에말이요~'란 말이 있지. 그 뜻이 뭔고 허니 내 말 좀 들어보라는 것이야. 처음에는 그 말뜻을 몰라서 어리둥절혔어. 왜 말을 싸가지 없게 그따위로 허느냐고 시비 기는 줄 알았어.

목포 말이 워낙 건조혀서 다짜고짜 얼굴을 들이밀고는 '에말이요~' 이러면 가슴이 철렁혔어. 혹여 내가 뭘 잘못헌 건 아닌지 머리를 핑핑 굴려야 혔어. 누군가 등 뒤에서 '에말이요~' 이러면 흠칫 뒤가 시렸지.

그런디 목포살이 오래 허다 봉게 이제는 '에말이요~'란 말이 얼매나 살가운지 몰라. 혹여 생판 모르는 사람이라도 '에말이요~' 이리 부르면 솔깃 여흥이 생기는 거야. 나도 이제 목포 사람 다 되어서 '에말이요~' 아무나 붙잡고 수작을 부리기도 허는디

—「에말이요~」 전문

위의 작품에 나오는 "목포 사투리로 '에말이요~'란 말"의 뜻은 "내 말 좀 들어보라"는 것이다. "여보세요"에 해당하는 방언이다. 작품의 화자는 "처음에는 그 말뜻을 몰라서 어리둥절"했다. "왜 말을 싸가지 없게 그따위로 허느냐고 시비 거는 줄 알았"다. 그리하여 "다짜고짜 얼굴을 들이밀고는 '에말이요~' 이러면 가슴이 철렁" 내려앉았고, "혹여 내가 뭘 잘못헌 건 아닌지 머리를 핑핑 굴려

야" 했다.

그런데 "목포살이 오래 허다 봉게 이제는 '에말이요~'란 말이 얼매나 살가운지" 모를 지경이다. "혹여 생판 모르는 사람이라도 '에말이요~' 이리 부르면 솔깃 여흥이 생"길 정도이다. 심지어 "이 제 목포 사람 다 되어서 '에말이요~' 아무나 붙잡고 수작을 부리 기도" 한다.

위의 작품은 "에말이요"의 언어적 가치는 물론 사회적 가치를 여실히 보여주고 있다. 목포라는 지역에서 사용하는 방언인 만큼 국어 연구의 기초 자료로 활용할 수 있을 뿐만 아니라 민중들의 친밀감도 볼 수 있다. 표준어를 뛰어넘는 민중들의 정서와 전통과 풍습 등을 알 수 있는 것이다. 결국 화자는 "에말이요"란 방언을 연 결고리로 삼고 목포 사람들과 함께하고 있는 것이다.

목포 출신이거나 목포를 제2의 고향으로 삼은 문인들로는 김우 진 극작가, 박화성 소설가, 차범석 극작가, 김현 문학평론가, 천승 세 소설가, 최인훈 소설가, 김은국 소설가, 최하림 시인, 김지하 시 인, 권일송 시인, 김진섭 수필가 등 대단하다. 근래에 목포를 제재 로 삼은 시집으로는 김재석의『목포』『목포근대역사관 : 3・1운동 100주년 기념시집』『목포문학관』, 김성호의『목포는 항구다』, 명기 환의『목포에 오면 섬에 가고 싶다』『목포 그리고 바다』, 김경애의 『목포역 블루스』, 고규석의『새 목포의 눈물』, 서재복의『목포항 비 가』등도 들 수 있다.

여기에 목포의 역사를 민중의식으로 계승한 최기종 시인의 작 품들이 더해지게 되었다. 유구한 목포 문학의 지형도를 더욱 풍성 하게 만드는 것은 물론 역사의 전망을 제시하고 있는 것이다. 역사의 전망은 진보에 대한 신념이 있어야만 가능하다. 역사가 부단하게 움직인다는 사실을 진리로 인식하고 단편적인 개량을 넘어서는 움직임을 가져야 하는 것이다.

孟文在 | 문학평론가 · 안양대 교수

푸른사상 시선 140

목포, 에말이요

—